AF740951

www.ingramcontent.com/pod-product-compliance
Lightning Source LLC
LaVergne TN
LVHW010101061026
849532LV00005BA/1879

9789358729344

شیخ سعدی کی کہانیاں

(حصہ : 3)

مرتبہ:

اعجاز عبید

Shaikh Saa'dii ki KahaniyaaN : Part-3

by: Aijaz Ubaid

Edition: April '2024

Publisher :

Taemeer Publications LLC (Michigan, USA / Hyderabad, India)

ISBN 978-93-5872-934-4

کتاب	:	**شیخ سعدی کی کہانیاں** (حصہ:3)
جمع، ترتیب و تدوین	:	**اعجاز عبید**
صنف	:	فکشن
ناشر	:	تعمیر پبلی کیشنز (حیدرآباد، انڈیا)
سالِ اشاعت	:	۲۰۲۴ء
صفحات	:	۴۰
سرورق ڈیزائن	:	تعمیر ویب ڈیزائن

کمزوروں پر ظلم

بیان کیا جاتا ہے۔ کہ ایک بے رحم شخص، جسے خدا نے قوت اور اختیار دے دکھا تھا، غریبوں سے وہ لکڑیاں چھین کر جو وہ جلانے کے لیے لاتے تھے۔ امیروں کے ہاتھ فروخت کر دیا کرتا تھا۔ غریب اس کی زیادتی پر بہت واویلا کرتے تھے لیکن وہ پروانہ کرتا تھا۔

اسے یہ ظلم کرتے دیکھا تو ایک دن اس کے ایک دوست نے اس سے کہا کہ تجھے چاہیے کہ غریبوں اور کمزوروں کے ساتھ یہ ظلم نہ کرے۔ لیکن اس نے اپنی اس دوست کی نصیحت پر کان نہ دھرا۔ بدستور اپنے دھندے میں لگا رہا ایک دن اس کے گھر اچانک آگ اٹھی اور چشم زدن میں اس کا سارا گھر جل کر راکھ کا ڈھیر بن گیا۔ وہ اپنے جلے ہوئے گھر کے سامنے بیٹھا آہ وبکا کر رہا تھا کہ اتفاق سے اس کا وہی شناسا ادھر سے گزرا جس نے اسے غریبوں کو نہ ستانے کی نصیحت کی تھی۔ اس نے اپنے اس دوست کو دیکھا تو کہنے لگا، معلوم نہیں میرا گھر کس طرح جل گیا؟ اس نے فوراجواب دیا۔ یہ غریبوں کی آہوں کے دھوئیں سے جل گیا ہے کیا میں نے تجھے منع نہیں کیا تھا کہ غریبوں کو ستا کر ان کی بد دعائیں نہ لے۔

اس دھوئیں سے بچ جو اٹھتا ہے دل مجروح سے
دل سے اٹھے یہ دھواں تو رنگ لاتا ہے ضرور
اس نصیحت کو نہ مانے گا تو آخر ایک دن
ہو گا رسوا، خاک میں مل جائے گا تیرا غرور

وضاحت

حضرت سعدیؒ نے اس حکایت میں یہ بات بتائی ہے کہ غریبوں اور کمزوروں کو ستانا جس قدر آسان نظر آتا ہے۔ اس گناہ کی پاداش سے بچنا اتنا ہی مشکل ہے۔ اے شکستہ دل لوگ جب دنیاوی سہاروں سے مایوس ہو کر آنسو بھری آنکھوں سے آسمان کی طرف دیکھتے ہیں اور دعا کے لیے ہاتھ اٹھاتے ہیں تو ان کی یہ دعا قبولیت کا درجہ حاصل کرتی ہے۔

٭٭٭

خدا کی یاد

حضرت سعدیؒ بیان کرتے ہیں کہ میں ایک قافلے کے ساتھ سفر کر رہا تھا صحرا میں سفر کرنے والے قافلوں کی روایت کے مطابق ہمارا کارواں ساری رات سفر کرتا رہا اور جب صبح کے آثار ظاہر ہوئے تو آرام کرنے کے لیے ایک مناسب مقام پر

پڑاؤ کیا۔ سب مسافر سونے کی تیاری کرنے لگے لیکن ایک شخص نے اچانک نعرہ مارا اور تیزی سے صحرا کی طرف روانہ ہو گیا۔ دن چڑھے وہ واپس آیا تو میں نے پوچھا کہ میاں یہ تیرا کیا حال ہوا؟ مجھے تو تیری یہ حرکت بہت ہی عجیب لگی۔

اس شخص نے جواب دیا، تم نے نہیں دیکھا کہ سپیدہ صبح نمودار ہوتے ہی چرند پرند خدا کی حمد و ثنا میں نغمہ سرا ہو گئے ہیں۔ بلبلیں باغوں میں، چکور پہاڑوں پڑ مینڈک پانی میں اور چوپائے جنگل میں شور کر رہے پس مجھے یہ بات مروّت سے بعید معلوم ہوئی کہ جانور تو خدا کی یاد میں مشغول ہوں اور میں پڑ کر سو رہوں۔

پنچھیوں کی صدا نے صبح کے وقت کر دیا مجھ کو بے خود و مدہوش
شرمسار اس خیال سے میں ہوا مرغ تسبیح خواں ہیں، میں خاموش

وضاحت

اس حکایت میں سعدی علیہ الرحمہ نے ابنائے آدم کو ان کے اصل مقصد حیات کی طرف توجہ دلائی ہے اور وہ بلاشبہ یہ ہے کہ وہ خلوص دل سے اپنے رب کی عبادت کریں۔ پنچھیوں اور دوسرے جانداروں کے تسبیح خواں ہونے کا ذکر کر کے اپنی دلیل کو مضبوط بنایا اور اس شخص کی بے قراری کا نقشہ کھینچ کر یہ سمجھانے کی کوشش کی کہہ ہر ذی شعور کو اپنے خالق کی یاد میں اسی طرح سرگرم اور بے قرار ہونا چاہیے۔

٭٭٭

کوشش کا اجر

حضرت سعدیؒ بیان فرماتے ہیں کہ ایک بار میں شہر بعلبک کی جامع مسجد میں قرآن پاک کی آیت عن اقرب الیہ من جل الورید کی تفسیر بیان کر رہا تھا اور سامعین کو اس آیہ مارک کے مفہوم سے آشنا کرنے کے لیے فصاحت و بلاغت کی پوری صلاحیت سے کام لے رہا تھا۔ لیکن حاضرین کچھ ایسے بے جس اور علم سے نا آشنا تھے کہ پتھر بنے بیٹھے تھے۔ کسی پر میری بات کا اثر ہی نہ ہو رہا تھا۔ میں مجمع کی اس حالت سے دل برداشتہ تھا لیکن اپنے بیان کو ادھورا نہ چھوڑنا چاہتا تھا۔ اس لیے سلسلہ تقریر جاری رکھے ہوئے تھا۔ اتنے میں ایک شخص قریب سے گزرا اور میری تقریر کے چند جملے سن کر ہی خوشی کا اظہار کیا۔ اب تو مسجد میں بیٹھے ہوئے لوگ بھی چونکے اور پسندیدگی کا اظہار کرنے لگے۔

یہ حالت دیکھ کر میری زبان سے بے اختیار نکلا کہ سبحان اللہ! دور رہنے والے باخبر شخص نے کلام سے فائدہ اٹھایا اور نزدیک بیٹھے ہوئے جاہل محروم رہے۔

کب اثر کرتا ہے اس پر متکلم کا کلام

واسطہ جس کو رہا ہو نہ فراست سے کبھی

سننے والے میں بھی جوہر ہو تو بن جاتی ہے بات

کام چل سکتا نہیں صرف وضاحت سے کبھی

وضاحت

اس حکایت میں حضرت سعدیؒ نے اگرچہ صاف طور پر یہ بات بتائی ہے کہ بات اس پر اثر کرتی ہے جس میں بات سمجھنے کی صلاحیت بھی ہو، پتھروں کو مسائل حیات سنانے کا کچھ فائدہ نہیں ہوتا، لیکن ساتھ ہی یہ نکتہ بھی بیان فرما دیا ہے کہ خلوص دل سے کی گئی کوشش کا کچھ نہ کچھ نتیجہ ضرور نکلتا ہے اس لیے کسی حالت میں بھی کوشش ترک نہیں کرنی چاہیے۔

***

لقمان اور دانائی

بیان کیا جاتا ہے، کسی نے مشہور فلسفی اور معلم اخلاق حکیم لقمان سے پوچھا کہ آپ نے دانائی کی یہ باتیں کیسے حاصل کیں۔ لقمان نے جواب دیا، نادانوں سے وہ اس طرح کہ جب وہ کوئی حماقت کرتے ہیں تو میں ان کے انجام سے عبرت حاصل کرتا ہوں اور ویسی برائی کبھی نہیں کرتا۔

جو دانا ہیں وہ کرتے ہیں سبق ہر بات سے حاصل\
ہنسی کی بات بھی ان کے لیے اک درس عبرت ہے

مگر حکمت کی سو باتیں بھی ناداں کے لئے مہمل
کہ اس کے خانہ دل میں حماقت ہی حماقت ہے

وضاحت

حضرت سعدیؒ نے اس حکایت میں غور فکر کی برکتوں کی طرف اشارہ کیا ہے۔ جو شخص دنیا اور کار دنیا کو محض کھیل تماشا نہیں سمجھتا، ہر بات توجہ سے سنتا اور معاملے پر پوری طرح غور کرتا ہے، اس کا ذہن نور معرفت سے دمک اٹھتا ہے۔ اس کے مقابلے میں بے پروا شخص واضح سچائیوں سے بھی فائدہ حاصل نہیں کرتا۔

***

مرد آزاد

بیان کیا جاتا ہے کہ دو بھائی تھے۔ ان میں سے ایک بادشاہ کی سرکار میں ملازم تھا اور دوسرا محنت مزدوری کر کے آزادی سے اپنی روزی کماتا تھا۔ ایک دن امیر بھائی اپنے غریب بھائی سے ملنے آیا تو گفتگو کے دوران کہنے لگا بھائی! میں تو کہتا ہوں کہ تم بھی بادشاہ کی ملازمت اختیار کر لو۔ محنت مزدوری کر کے تو تمھارا گزار بھی نہیں ہوتا۔ مشکل سے دو وقت روکھی سوکھی ملتی ہے۔

اپنے امیر بھائی کی بات سن کر غریب بھائی نے کہا، تم مجھے بادشاہ کی نوکری

اختیار کرنے کی ترغیب دے رہے ہو اور میں یہ کہتا ہوں تم پرائی تابعداری ترک کر کے آزادی کی زندگی اختیار کیوں نہیں کرتے۔ عقلمندوں نے کہا ہے جو کی سوکھی روٹی کھا کر آزاد زندگی بسر کرنا اس سے لاکھ درجے بہتر ہے کہ سنہری پٹکا کمر سے باندھ کر بادشاہ کی خدمت کرے

تمام عمر اسی فکر میں ہوئی برباد
ملے گا کیا تجھے آج اور کھائے گا کل کیا
کمر جھکاتا ہے ذلت سے بادشاہ کے حضور
ہوس کو دل سے نکال اور صبر کو اپنا

وضاحت

حضرت سعدیؒ نے اس حکایت میں بندگی، بے چارگی کی برائیوں اور آزاد زندگی کی برکتوں کی طرف اشارہ کیا ہے۔ ان کا خیال ہے کہ ملازمت خواہ بادشاہ ہی کی کیوں نہ ہو باعث ذلت ہے۔

***

مرد شجاع

بیان کیا جاتا ہے کہ ایک مرد شجاع تاتاریوں کے ساتھ لڑتے ہوئے زخمی ہو

گیا۔ زخم کاری تھا۔ معمولی علاج سے افاقہ نہ ہوا تو اس کے ایک دوست نے کہا کہ فلاں سوداگر کے پاس نوش دارو ہے۔ مناسب ہے اس سے سوال کر۔ یہ دوا مل گئی تو امید ہے تو جلد شفایاب ہو جائے گا۔

جس سوداگر کے پاس نوش دارو تھی وہ بہت کنجوس تھا۔ اس کی یہ حال تھا کہ آفتاب ایک روٹی ہوتا اور اس کے دستر خوان پر رکھ دیا جاتا تو دنیا قیامت تک روشنی کو ترستی رہتی۔ زخمی سپاہی نے اپنے دوست سے کہا کہ بھائی اگر میں اس کنجوس مکھی چوس سے سوال کروں تو معلوم نہیں وہ نوش دارو دے گا بھی یا نہیں اور اگر دے بھی دے گا تو معلوم نہیں کہ مجھے شفا بھی ہو گئی یا نہیں۔ میں تو خیال کرتا ہوں کہ کمینے شخص کے سامنے ہاتھ پھیلانا بہت بڑی ذلت ہے۔

کمینے سے نہ رکھ امید ہرگز چارہ سازی کی
ترے حصے میں آئے گا نہ ہرگز التفات اس کا
اگر کچھ مل بھی جائے پھر بھی رسوائی کا ساماں ہے
تری جاں کا زیاں ہے تحفہ قند و نبات اس کا

وضاحت

حضرت سعدیؒ نے اس حکایت میں سوال کرنے کا ایک بڑی کمزوری ثابت کیا ہے۔ اور ان کی یہ بات دراصل اسلامی فلسفہ اخلاق کی تشریح ہے۔ حضرت رسول

اللہ صلی اللہ علیہ وسلم نے سوال کرنے سے منع فرمایا ہے۔ حضرت سعدیؒ فرماتے ہیں۔ کہ سوال کرنا یوں بھی غلط ہے اور کمینے کے آگے ہاتھ پھیلانا تو بہت ہی بڑی ذلت ہے۔ یہاں یہ بات سمجھنے کے قابل ہے کہ اسلامی فلسفہ اخلاق میں کمینے اور شریف کا وہ تصور ہر گز نہیں ہے جو دیگر اقوام بالخصوص ہندوؤں میں ہے کہ ایک طبقہ نسلی اور خلقی طور پر شریف اور دوسرا طبقہ کمین ہے۔ اسلامی نقطہ نظر سے تخصیص انسانوں کے اعمال وافعال کی بنیاد پر پیدا ہوتی ہے سوداگر کو اس کے کنجوس ہونے کی بنا پر کمینہ کہا گیا ہے۔

***

نادان منشی

حضرت سعدیؒ بیان کرتے ہیں، میرے جاننے والوں میں ایک منشی روزگار نہ ملنے سے بہت پریشان تھا۔ ایک دن وہ میرے پاس آیا اور اپنا حال بیان کرنے کے بعد کہا کہ بادشاہ کے دربار میں آپ کی رسائی ہے۔ کسی عہدیدار سے کہہ سن کر کوئی کام دلوا دیں۔ اس کی بات سن کر میں نے کہا، بھائی، بادشاہوں کی ملازمت خطرے سے خالی نہیں ہوتی۔ نان ہاتھ آنے کی امید کے ساتھ جان جانے کا امکان بھی ہوتا۔

میں نے یہ نصیحت اس کی بھلائی کے خیال سے کی تھی لیکن اس نے خیال کیا کہ میں اسے ٹالنے کی کوشش کر رہا ہوں۔ کہنے لگا، یہ بات ٹھیک ہو گئی لیکن جو لوگ

ایمانداری اور محنت سے اپنا کام کریں انھیں ڈرنے کی کیا ضرورت ہے! آپ نے سنا ہو گا کہ میلے کپڑے ہی کو دھوبی پٹرے پر مارتا ہے۔

میں نے اسے پھر سمجھایا کہ تو ٹھیک کہتا ہے۔ سانچ کو آنچ نہیں، بہت مشہور بات ہے۔ لیکن بادشاہوں اور حاکموں کے بارے میں لومڑی کی سی احتیاط برتنی چاہیے جو گرتی پڑتی بھاگتی چلی جاتی تھی۔ کسی نے پوچھا کہ خالہ لومڑی کیا مصیبت پڑی ہے جو یوں بھاگی چلی جارہی ہو؟ لومڑی بولی، میں نے سنا ہے بادشاہ کے سپاہی اونٹ بیگار میں پکڑ رہے ہیں۔ اس نے ہنس کر کہا عجب بے وقوف ہے! اگر اونٹ پکڑے جارہے ہیں تو تجھے کیا ڈر؟ تو تو لومڑی ہے لومڑی نے جواب دیا، تیری بات ٹھیک ہے لیکن اگر کسی دشمن نے کہہ دیا کہ یہ اونٹ کا بچہ ہے، اسے بھی پکڑ لو تو میں کیا کروں گی؟ جب تک یہ تحقیق ہو گئی کہ میں لومڑی ہوں یا اونٹ کا بچہ، میرا کام تمام ہو چکا ہو گا مثل مشہور ہے کہ جب تک عراق سے تریاق آئے گا، وہ بیمار چل بسا ہو گا جس کے لیے تریاق منگوایا گیا ہو گا۔

میری بات بالکل درست تھی لیکن وہ اپنے خیال پر قائم رہا اور میں نے اس کی حالت کا اندازہ کر کے اسے بادشاہ کے دربار میں ملازمت دلوا دی شروع شروع تو اسے ایک معمولی سا کام ملا لیکن چونکہ آدمی قابل تھا اس لیے بہت ترقی کر گیا اور عزت و آرام کے ساتھ زندگی گزارنے لگا۔

کچھ دن بعد میں ایک قافلے کے ساتھ حج کے سفر پر روانہ ہو گیا اور جب اس

مبارک سفر سے واپس آیا تو وہ شخص کئی منزل چل کر میرے استقبال کے لیے آیا لیکن میں نے دیکھا کہ اس کی حالت سے پریشانی ظاہر ہوتی تھی حالات پوچھے تو اس نے بتایا کہ مجھے اب معلوم ہوا کہ آپ نے جو بات کہی تھی وہ بالکل ٹھیک تھی۔ میں نے اپنی قابلیت اور محنت سے ترقی کی تو حسد کرنے والوں کو یہ بات بری لگی اور انھوں نے مجھ پر الزام لگا کر قید کر دیا۔ اب حاجیوں کے قافلے کی خیریت سے لوٹنے کی خوشی میں قیدیوں کو آزاد کیا گیا ہے۔ تو مجھے بھی رہائی نصیب ہوئی۔ ورنہ بادشاہ نے تو یہ تحقیق کرنے کی ضرورت بھی محسوس نہ کی تھی کہ میں گناہ گار ہوں یا بے گناہ۔

میں نے کہا، افسوس !تو نے میری بات نہ مانی میں نے تو تجھے پہلے ہی سمجھایا تھا کہ بادشاہ کا قرب سمندر کے سفر کی مانند ہوتا ہے کہ اس سے انسان کو بہت سے فائدے حاصل ہوتے ہیں لیکن ساتھ جان جانے کا اندیشہ بھی ہوتا ہے۔

ہوش مندوں کی نصیحت پر نہیں دھرتا جو کان
آخر اک دن بیڑیاں ہوتی ہیں اسکے پاؤں میں
زہر کا آزاد سہنے سہی اگر طاقت نہ ہو
مرد ناداں ہے جو آئے بچھوؤں کے گاؤں میں

وضاحت

حضرت سعدیؒ نے اس حکایت میں بھی بادشاہوں کا قرب حاصل کرنے کی جگہ قناعت اور صبر کی زندگی بسر کرنے کا فضل بتایا ہے ان کے اپنے زمانے کے مطلق العنان بادشاہوں کے انداز فکر و عمل کے بارے میں تو کچھ کہنے کی ضرورت ہی نہیں کہ ان کی ہر الٹی سیدھی بات قانون کی حیثیت رکھتی تھی۔ یہ بات آج کے صاحب اختیار لوگوں کے بارے میں بھی بالکل درست ہے کہ جب تک پوری صلاحیت اور اہلیت حاصل نہ ہو ان کا قرب خطرے سے خالی نہیں ہوتا۔

***

نیکی کا انعام

بیان کیا جاتا ہے کہ زوازان نامی بادشاہ کا ایک وزیر بہت ہی وفادار، نیک اور دانشمند تھا۔ اس کی ان خوبیوں کے باعث بادشاہ بھی اس کی بہت قدر کرتا تھا۔ لیکن تقدیر الٰہی سے کچھ ایسا ہوا کہ اس دانا وزیر سے کوئی غلطی ہو گئی کہ انسان خطا کا پتلا ہے۔

بادشاہ کو وزیر کی اس لغزش کا حال معلوم ہوا تو وہ اس قدر ناراض ہوا کہ اس کی ساری جائیداد ضبط کر کے اسے قید خانے میں ڈال دیا۔ یہ بہت بڑی افتاد تھی جو اس وزیر پر آپڑی تھی۔ لیکن اس مصیبت کے زمانے میں اس کی وہ نیکیاں اس کے کام آئیں جو اس نے اقتدار کے دنوں میں لوگوں سے کی تھیں۔ اس کا قاعدہ تھا کہ وہ

ادنی لوگوں سے بھی میٹھی زبان میں بات کرتا تھا۔ جہاں تک ہو سکتا تھا لوگوں کو فائدہ پہنچاتا تھا۔ اب وہ مصیبت میں مبتلا ہوا تو وہ سپاہی اور اہل کار اس کے مددگار بن گئے جنہیں اس نے کوئی نہ کوئی فائدہ پہنچایا تھا اور یوں اسے محسوس بھی نہ ہوا کہ وہ قید خانے میں ہے۔

اس دوران میں ایک واقعہ یہ ہوا کہ پڑوسی ملک سے بادشاہ نے اپنے ایک خاص آدمی کے ہاتھ اس وزیر کے نام ایک خط بھیجا اور اس میں لکھا کہ یہ جان کر ہمیں بہت زیادہ افسوس ہوا ہے کہ تم جیسے قابل قدر اور نیک وزیر کو تمھارے بادشاہ نے ذلیل کیا ہے۔ اگر تم پسند کرو تو ہم تمھاری رہائی کا انتظام کر سکتے ہیں۔ اور اس بات پر آمادہ ہیں کہ اپنے دربار میں وزارت کی کرسی عنایت کریں۔ اگر تمہیں یہ بات منظور ہے تو فوراً ہمیں آگاہ کرو۔

دانا وزیر نے پڑوسی بادشاہ کا یہ خط پڑھا تو اس کی پشت پر یہ لکھ دیا کہ حضور نے میرے حال پر مہربانی فرمائی، میں اس کے لیے شکریہ ادا کرتا ہوں۔ لیکن مجھے یہ بات منظور نہیں کہ معمولی سی تکلیف سے گھبرا کر اپنے آقا سے بے وفائی کروں۔

پڑوسی بادشاہ کے قاصد کے آنے کا حال اتفاق سے ایک ایسے شخص کو بھی معلوم ہو گیا جو اس وزیر کا دشمن تھا۔ اس نے فوراً بادشاہ کو اطلاع دی کہ قیدی وزیر فلاں بادشاہ سے مل کر حضور کے خلاف سازش کر رہا ہے۔ بادشاہ نے سپاہی بھیج کر اس قاصد کو گرفتار کرا لیا جو وزیر کا جواب لے کر جا رہا تھا۔ اس نے فیصلہ کر لیا کہ

اگری بات سچ نکلی تو وزیر کو فوراً قتل کرا دوں گا۔ لیکن جب دوسرے بادشاہ کا خط اور اپنے وزیر کا جواب پڑھا تو سارا غصہ ٹھنڈا ہو گیا۔ اس پر وزیر کی وفاداری پوری طرح ظاہر ہو گئی اور اس نے اسی وقت اس کی آزادی کا حکم لکھ دیا۔

وزیر قید خانے سے رہا ہو کر آیا تو بادشاہ نے پہلے سے زیادہ اس کی عزت کی اور خلعت عطا کرنے کے علاوہ اس بات پر افسوس کا اظہار کیا کہ غلط فہمی کی وجہ سے اسے ناحق تکلیف پہنچائی۔ وزیر نے کہا کہ حضور خیال نہ فرمائیں۔ مجھے جو تکلیف پہنچی ہے۔ میری تقدیر میں لکھی تھی۔ خدا کی مرضی اور مشیت کے بغیر تو پتا بھی نہیں ہلتا ہے۔

رنج مخلوق سے اگر پہنچے
ایسی حالت میں رکھ خدا پہ نظر
بالیقیں ہے اسی کا سب یہ نظام
وہی دیتا ہے رنج، راحت، ڈر
تیر اگرچہ کماں سے چلتا ہے
ہے کماندار کا مگر یہ ہنر

وضاحت

اس حکایت میں حضرت سعدیؒ نے کامیاب زندگی گزارنے کا بہترین طریقہ

بیان کیا ہے اور وہ یہ ہے کہ انسان اپنے آپ کو ہر قسم کی برائیوں سے پاک رکھے اور جہاں تک ہو سکے خلق خدا کا خیر خواہ بن کر رہے۔ ایسی زندگی گزارتے ہوئے اگر کسی قسم کی افتاد بھی آپڑے تو جن لوگوں کے ساتھ احسان کیا ہو وہ اسے تنہا نہیں چھوڑتے۔

***

نالائق شاگرد کا انجام

بیان کیا جاتا ہے کہ پرانے زمانے میں ایک پہلوان اپنے فن میں بہت ماہر تھا۔ جو پہلوان بھی اس کے مقابلے پر آتا تھا، وہ اسے مار گراتا تھا۔ چنانچہ اس کی اس قابلیت اور مہارت کی وجہ سے بادشاہ اس کی بہت عزت کرتا تھا۔ یہ نامی پہلوان بہت سے نوجوانوں کو کشتی لڑنے کا فن سکھایا کرتا تھا۔ ان میں سے ایک نوجوان کو اس نے اپنا شاگرد خاص بنایا تھا اور اسے وہ سارے داؤ پیچ سکھا دیے تھے جو اسے آتے تھے۔ احتیاط کے طور پر بس ایک داؤ نہ سکھایا تھا۔

زمانہ اسی طرح گزرتا رہا۔ نامی گرامی پہلوان بوڑھا ہو گا اور اس کا چہیتا شاگرد اپنے وقت کا سب سے بڑا پہلوان بن گیا۔ شرافت کا تقاضا تو یہ تھا کہ وہ اپنے استاد کا یہ احسان مانتا کہ اس نے اسے اپنا ہنر سکھا کر ایسا قابل بنا دیا لیکن وہ کچھ ایسا بد فطرت تھا کہ ایک دن اس نے بادشاہ کے دربار میں یہ بڑ ہانکی کہ بے شک میرا استاد بزرگی میں

مجھ سے زیادہ ہے لیکن طاقت اور کشتی لڑنے کے فن میں اب میں اس سے بڑھ کر ہوں۔

بادشاہ کو اس کی یہ بات بہت ناگوار گزری۔ اس نے حکم دیا کہ استاد اور شاگرد کشتی لڑیں تاکہ یہ فیصلہ ہو سکے کہ ان دونوں میں کون بڑا ہے۔ چنانچہ ایک میدان میں اکھاڑا تیار کیا گیا۔ اور استاد اور اس کا شاگرد کشتی لڑنے کے لیے اکھاڑے میں اترے نوجوان شاگرد اپنی طاقت کے نشے جھومتا ہوا استاد کے سامنے آیا۔ یوں لگتا تھا کہ اگر لوہے کہ پہاڑ بھی اس کے سامنے ہو تو وہ اسے اکھاڑ کر پھینک دے گا لیکن جب اس نے استاد سے ہاتھ ملایا اور کشتی شروع ہوئی تو استاد نے اپنا وہی داؤ آزمایا جو اس نے نالائق شاگرد کو نہ سکھایا تھا اور اسے سر سے اونچا اٹھا کر زمین پر پٹخ دیا۔

ہر طرف سے واہ واہ کے نعرے بلند ہوئے بادشاہ نے بوڑھے پہلوان کو خلعت اور بھاری انعام دیا اور ناخلف شاگرد کو خوب لعنت ملامت کی۔ وہ کہنے لگا کہ استاد صاحب صرف اس وجہ سے جیت گئے ہیں کہ انھوں نے مجھے یہ داؤ نہ سکھایا تھا جسے استعمال کر کے مجھے گرایا ہے۔

استاد صاحب نے فوراً جواب دیا، اور یہ داؤ میں نے تجھے اسی خیال سے نہ سکھایا تھا کہ اگر کبھی تو میرے مقابلے پر آجائے تو میں اپنا بچاؤ کر سکوں دانشمندوں نے بالکل سچ کہا ہے کہ اپنے بہترین دوست کو بھی اس قابل نہیں بنانا چاہیے کہ اگر وہ کبھی مقابلے پر آجائے تو تمہیں نقصان نہ پہنچا سکے۔

یہ زمانے کا عجب دستور ہے
باوفاؤں پر جفا کرتے ہیں لوگ
جن سے سیکھیں تیر اندازی کا فن
نوک خنجر پر انھیں دھرتے ہیں لوگ

وضاحت

حضرت سعدیؒ نے اس حکایت میں اس سچائی کی طرف اشارہ کیا ہے کہ جس طرح انسانوں میں اہلیت اور نااہلیت کا فرق ہے۔ اسی طرح کمینگی اور شرافت کا فرق ہے اور کمینے سے کچھ بعید نہیں ہوتا کہ اپنے استاد بلکہ اپنے سگے باپ کے سر پاؤں رکھنے کے لیے تیار ہو جائے۔ اس لیے دانائی کا تقاضا یہ ہے علم اور ہنر سکھاتے ہوئے بھی اس بات کا خیال رکھنا چاہیے اور اپنی حفاظت کے خیال سے غافل نہیں ہونا چاہیے۔

***

نقد بالہ

حضرت سعدیؒ بیان فرماتے ہیں کہ ایک بار میں کشتی کے ذریعے دریا میں سفر کر رہا تھا۔ ہماری کشتی کے پیچھے ایک چھوٹی کشتی آ رہی تھی جس میں کچھ مسافر بیٹھے

ہوئے تے۔ اتفاق ایسا ہوا کہ چھوٹی کشتی بھنور میں پھنس کر الٹ گئی اور اسمیں جو مسافر سوار تھے وہ غوطے کھانے لگے۔ میں نے دیکھا کہ اس کشتی کے مسافروں میں دو حقیقی بھائی بھی تھے۔ میں ان کے حالت پر افسوس کر رہا تھا کہ ایک امیر آدمی نے اس کشتی کے ملاح سے جس میں ہم سوار تھے کہا، اگر تو ڈوبتے مسافروں کو بچالے تو میں تجھے بھاری انعام دوں گا۔

یہ بات سن کر ملاح فورا! دریا میں کود گیا اور دونوں بھائیوں میں سے ایک کو بچا لایا۔ دوسرا دریا میں ڈوب گیا۔ میں نے ملاح سے کہا کہ تو نے اپنی طرف سے ان دونوں کو بچانے کی کوشش کی لیکن اندازہ ہوتا ہے کہ ڈوبنے والے کی زندگی ہی ختم ہو چکی تھی۔ اس وجہ سے تیری کوشش کامیاب نہ ہوئی۔

ملاح میری یہ بات سن کر مسکرایا اور پھر یوں بالو "بے شک یہ بات بھی ٹھیک ہے۔ لیکن اس مسافر کے ڈوبنے کی ایک وجہ یہ بھی ہے کہ اس نے ایک بار مجھے کوڑے سے پیٹا تھا۔ میں اس سے بدلہ نہ لے سکا تھا لیکن وہ بات میرے دل میں کھٹکتی رہتی تھی۔ آج مجھے وہی بات یاد آگئی اور میں نے اسے بچانے کے لیے ویسی کوشش نہ کی جیسی کرنی چاہیے تھی۔ رہا اس مسافر کا معاملہ جسے میں بچا کر لایا ہوں تو اس نے ایک بار مصیبت کے وقت میری امداد کی تھی۔ میں صحرا میں پیدل سفر کر رہا تھا اور بری طرح تھک چکا تھا۔ یہ ادھر سے گزار تو اس نے مجھے اپنے اونٹ پر بٹھا لیا۔ بس اس کی وہ بات مجھے اس وقت یاد آگئی اور میں نے اپنی جان کی پروانہ کرتے

ہوئے اسے بچالیا۔

ملاح کی یہ بات سن کر میں نے دل میں کہا، سچ ہے۔ انسان جو عمل بھی کرتا ہے، اسی کے مطابق اسے پھل ملتا ہے جیسا کہ اللہ پاک نے قرآن میں فرمایا ہے:

ترجمہ: جس نے نیک عمل کیا وہ اپنے نفس کے لیے کیا اور جس نے برائی کی، اپنے نفس کے لیے کی۔

جہاں تک ہو سکے حاجت روائی کر غریبوں کی
دل آزادی سے بچ، زخمی دلوں کی آہ پیکاں ہے
سنبھل کر چل بہت کانٹے ہیں راہ زندگانی میں
نہ جانے کل ترا کیا حال ہو تو بھی تو انسان ہے

وضاحت

حضرت سعدیؒ نے اس حکایت میں یہ بتایا ہے کہ روز جزا تو ہر انسان اپنے اچھے یا برے اعمال کا نتیجہ دیکھے گا ہی، اس دنیا میں بھی اسے اس کے اچھے کام کا اجر اور برے فعل کی سزا ملتی ہے۔

***

نور معرفت

بیان کیا جاتا ہے، ایک عابد و زاہد اور شب بیدار شخص کئی من غذا کھاتا اور ہر شب ایک قرآن پاک ختم کرتا تھا۔ کسی دانا نے اس کا حال سنا تو کہا، کاش وہ آدھی روٹی کھایا کرتا اور ساری رات سویا کرتا!

پیٹ خالی ہو تو حاصل ہو گا نور معرفت
ہو گی پرواز تخیل منزل افلاک تک
حکمت و دانائی سے اس وسطے خالی ہے تو
پیٹ کو اپنے غذا سے بھر لیا ہے ناک تک

وضاحت

حضرت سعدیؒ نے اس حکایت میں عبادت و ریاضت کے اصل مقصد کی طرف اشارہ کیا ہے، اور وہ ہے تزکیہ نفس۔ اگر یہ مقصد حاصل نہ ہو، انسان کا دل بد ستور دنیاوی لذتوں اور ماڈی فائدوں کی طرف راغب رہے تو ہر شب پورا قرآن ختم کرنا بھی بے فائدہ ہو گا۔ اس کے علاوہ نفس پر بسیار خوری کے نقصانات اور کم خوری کے فائدے بیان فرمائے ہیں۔

***

روئی کی جگہ اون

بیان کیا جاتا ہے کہ خلیفہ ہارون الرشید عباسی نے جب ملک مصر کا انتظام سنبھالا تو اسے خیال آیا کہ یہی وہ ملک ہے جس کے تخت پر بیٹھ کر فرعون نے خدا ہونے کا دعویٰ کیا تھا چنانچہ اس نے یہ ظاہر کرنا چاہا کہ مصر کی حکومت کوئی بڑی چیز نہیں اور اپنے ایک ایسے غلام کو مصر کا سب سے بڑا حکم بنا دیا جو بہت ہی کم عقل اور بد صورت تھا۔

اس غلام کا نام خصیب تھا۔ وہ کیسا کم عقل اور جاہل تھا، اس کا اندازہ اس بات سے ہو سکتا ہے کہ ایک بار جب مصر کے کسانوں نے اس کے دربار میں حاضر ہو کر فریاد کی کہ دریائے نیل میں سیلاب آ جانے کی وجہ سے ان کے کپاس کے سارے کھیت برباد ہو گئے ہیں تو اس نے کہا کہ تم لوگوں کو چاہیے تھا کہ روٹی کے پودوں کی جگہ اپنے کھیتوں میں اون بوتے۔ اون پانی میں خراب نہیں ہوتی۔

یہ واقعہ ایک دانشمند نے سنا تو کہا، سچ ہے، خدا بڑا بے نیاز ہے، عزت اور رزق کا انحصار عقل پر نہیں بلکہ صرف خدا کی مہربانی پر ہے

اگر روزی ملا کرتی ہماری عقل و دانش سے
تو نادانوں کے حصے جو کا ایک دانہ بھی کب آتا
مگر رزاق مطلق ان کو پہنچاتا ہے یوں روزی
کہ اس افراط ارزانی سے رانی بھر نہیں پاتا

وضاحت

حضرت سعدیؒ نے اس حکایت میں دو بہت ہی اہم باتیں بیان کی ہیں۔ ایک تو یہ کہ صاحب فہم لوگوں کے لیے دنیادی مال دولت اور تاج و تخت بہت ہی معمولی چیزیں ہیں۔ ہارون الرشید نے اتنا بڑا اور ایسا زرخیز ملک ایک حبشی غلام کے حوالے کر دیا۔ دوسرے یہ کہ دنیاوی عزت اور مال انسان کی اپنی کوشش سے حاصل نہیں ہوتا۔ اگرچہ معلوم ایسا ہی ہوتا ہے لیکن اگر فی الواقع ایسا ہی ہوتا تو نادان توسب بھو کے مر جاتے۔

٭٭٭

روٹی کی فکر اول

بیان کیا جاتا ہے۔ ایک عابد و زاہد لیکن عیال دار شخص سے بادشاہ نے سوال کیا، کہیے آپ کی زندگی کیسی گزر رہی ہے؟ اس نے جواب دیا، حضور والا ساری رات مناجات میں مشغول رہتا ہوں، صبح دعائیں مانگتا ہوں اور دن اس فکر و تردّد میں گزر جاتا ہے کہ میری اور بال بچوں کی گزر بسر کیسے ہو گی۔

رات اس فکر میں گزرتی ہے
دن اسی جستجو میں کٹتا ہے
ہے فزوں بوجھ زندگانی کا

عمر کا آفتاب گھٹتا ہے

بادشاہ دانا تھا۔ سمجھ گیا روزی کی تنگی کے باعث یہ شخص سخت مصیبت میں مبتلا ہے۔ اپنے وزیر خزانہ کو اشارہ کیا کہ اس کا وظیفہ مقرر کر دو۔ چنانچہ اسے شاہی خزانے سے وظیفہ ملنے لگا اور اس کی بے اطمینانی ختم ہوئی۔

وضاحت

اس حکایت میں حضرت سعدیؒ نے اس سچائی کی طرف توجہ دلائی ہے کہ با عزت اور مطمئن زندگی گزارنے کے لیے مادی وسائل کا ہونا بھی ضروری ہے۔ جو لوگ اس حقیقت کو نظر انداز کر کے فکر معاش سے غافل ہو جاتے ہیں۔ وہ اطمینان کے ساتھ عبادت بھی نہیں کر سکتے۔ انھیں دوسروں کا محتاج بننا پڑتا ہے۔

* * *

سچا درویش

بیان کیا جاتا ہے کچھ اوباش ایک درویش کے درپے آزاد ہو گئے جب بھی ملتا وہ اس کی توہین کرتے اور آزار پہنچاتے۔ ایک دن تو انھوں نے حد ہی کر دی درویش کر خوب برا بھلا کہا اور پکڑ کر پیٹا۔ درویش ان اوباشوں کی اس حرکت سے بہت دل برداشت ہوا۔ وہ اسی وقت اپنے مرشد کے پاس پہنچا اور اسے سارا حال سنایا۔ مرشد

نے کہا سن اے عزیز! جو درویش دنیاوی تکلیفوں اور دنیا والوں کے برے سلوک سے بے حوصلہ ہوتا ہے اس کے جسم پر درویشوں کا لباس نہیں سجتا" تکلیفوں پر صبر کرنا اور برائی کے بدلے بھلائی کرنا ہمارا دستور ہے۔

بڑے دریا میں کوئی پھینکے پتھر
کبھی گدلا نہ ہو گا اس کا پانی
نہیں آتے یونہی غصے میں درویش
یہ ہے ان پر خدا کی مہربانی

وضاحت

حضرت سعدیؒ نے اس حکایت میں اپنی اصلاح اور معاشرے کی اصلاح کا وہ بہترین طریقہ بیان کیا ہے جو ابتدائے آفرینش سے رسولوں اور نبیوں کا دستور رہا ہے۔ یعنی غصے پر قابو پانا اور انتقام لینے کی قدرت رکھتے ہوئے بھی دشمن کو معاف کر دینا۔ یہاں یہ بات بطور خاص سمجھنے کے قابل ہے کہ سعدیؒ جب لفظ درویش استعمال کرتے ہیں تو اس سے ان کی مراد مومن کامل ہوتی ہے تارک الدنیا خانقاہ نشین نہیں۔ یہ اسی لفظ کا بگڑا ہوا مفہوم ہے۔

***

سچی بادشاہت

بیان کیا جاتا ہے۔ ایک بد عقیدہ اور مغرور بادشاہ درویشوں کو حقارت کی نظر سے دیکھتا تھا۔ ایک درویش خدامت نے قرآن سے یہ بات جان لی اور بادشاہ کو مخاطب کر کے کہا، اے بادشاہ! لاو لشکر اور دنیاوی ساز و سامان میں بے شک تو ہم سے زیادہ ہے لیکن آرام اور طمانیت قلب میں ہم تجھ سے بڑھے ہوئے ہیں۔ موت ہم سب کو برابر کر دے گی اور انشا اللہ قیامت کے دن ہمارا حال تجھ سے بہتر ہو گا۔ اے بادشاہ درویشوں کا ظاہری حال تو بے شک خراب وحستہ ہے لیکن ان کا دل روشن اور گناہوں پر آمادہ کرنے والا نفس مردہ ہے۔ درویشوں کا طریقہ ذکر خدا، شکر ادا کرنا، ایثار قناعت توحید (خدا کی ذات اور صفات میں کسی کو شریک نہ سمجھنا) توکل اور تحمل ہے۔ اگر کسی میں یہ صفات نہ ہوں تو اسے درویش خیال نہ کرنا چاہیے۔

جو نماز کا تارک، عیش و عشرت کا خواہشمند، آوارہ پھرنے والا، راتوں کا غفلت کی نیند سونے والا، جو سامنے آئے کھا لینے والا اور جو منھ میں آئے کہہ گزرنے والا ہو تو وہ درویش نہیں ہے۔ خواہ اس نے درویشوں جیسا لباس پہن رکھا ہو

ہے وہی درویش جس کے دل میں ہو خوف خدا
تیرا دل تقوے سے خالی ہے تو دنیادار ہے
دل کے داغوں کو چھپا سکتا نہیں رنگیں نقاب
تجھ پہ تو یہ بات روشن ہے کہ تو مکار ہے

وضاحت

اس حکایت میں حضرت سعدیؒ نے یہ اہم بات بیان کی ہے کہ دنیاوی بادشاہت کے مقابلے میں اقلیم دل کی بادشاہت زیادہ دقیق ہے اور یہ بادشاہت اعمال صالح کے بغیر ہاتھ نہیں آتی۔

***

سخاوت اور در گزر

حضرت سعدیؒ بیان فرماتے ہیں میرے چند دوست ہر لحاظ سے نیک اور قابل تھے، یہ بات نہ تھی کہ وہ ظاہر میں کچھ نظر آتے اور اندر سے ان کی حالت کچھ اور ہوتی۔ چنانچہ ان کی اس خوبی کی وجہ سے ایک نیک دل امیر نے ان کا وظیفہ مقرر کر دیا تھا۔ وہ روزی حاصل کرنے کے جھگڑوں سے بچے ہوئے تھے اور نہایت آرام اور عزت کی زندگی گزار رہے تھے۔

قسمت کی خرابی سے پھر کچھ ایسا ہوا کہ ان میں سے ایک کوئی ایسی لغزش کر بیٹھا جس کی وجہ سے وہ امیر ان کی طرف سے بد ظن ہو گیا۔ ان کے نیک اور شریف ہونے کا گمان اس کے دل سے جاتا رہا اور اس نے ان کا وظیفہ بند کر دیا۔

مجھے یہ حالات معلوم ہوئے تو میں نے یہ بات ضروری سمجھی کہ امیر کی خدمت

میں حاضر ہو کر اپنے ان دوستوں کی صفائی پیش کروں اور ان کا وظیفہ جاری کرا دوں۔ چنانچہ میں ایک دن امیر کے در دولت پر پہنچ گیا۔ لیکن دربان مجھے نہ جانتا تھا۔ اس نے دروازے ہی سے لوٹا دیا۔

دربان سے جھگڑنا بے سود تھا۔ اگر ایسے لوگ جن کی ظاہری حالت سے شان و شوکت ظاہر نہ ہوتی ہو، امرا کے دروازوں پر جائیں تو دربان اور کتے ان کے ساتھ ایسا ہی سلوک کرتے ہیں لیکن حسن اتفاق سے ایک شخص نے مجھے پہچان لیا اور وہ مجھے امیر کے دیوان خانے میں لے گیا۔

امیر نے مجھے دیکھا تو خوشی ظاہر کی اور عزت کی جگہ بیٹھنے کو کہا۔ لیکن میں معمولی آدمیوں کی صف میں بیٹھ گیا اور اس کی عنایتوں کا شکریہ ادا کر کے اپنے دوستوں کے وظیفے کا ذکر چھیڑا۔ اس گفتگو میں جب میں نے یہ کہا کہ اللہ پاک ہی رزاق حقیقی ہے کہ وہ اپنے نافرمان بندوں کا رزق بھی بند نہیں کرتا تو امیر کا دل پسیج گیا اور اس نے نہ صرف ان کا وظیفہ جاری کر دیا بلکہ پچھلے جتنے دنوں کا وظیفہ انھیں نہیں ملا تھا وہ بھی ادا کرنے کا حکم دے دیا۔ میں نے اس عالی ظرف کی بخشش کا شکریہ ادا کیا۔

کعبے میں ہوتی ہیں ہر ایک کی مرادیں پوری
لو یوں اس کی زیارت کے لیے جاتے ہیں
در گزر کر کہ نہیں تیرے تحمل سے بعید

بے ثمر پیڑ پہ پتھر کہاں برساتے ہیں

وضاحت

حضرت سعدیؒ نے اس حکایت میں امرا کو اُن کے صحیح مرتبے و منصب اور ذمے داریوں کی طرف توجہ دلائی ہے اور نہایت موثر انداز میں یہ بات بتائی ہے کہ مستحق لوگوں کی امداد ایک ایسا فرض ہے کہ امرا کو یہ فرض بہر حال پورا کرنا چاہیے۔ نیز یہ کہ امداد اس شرط کے ساتھ نہیں ہونی چاہیے کہ امداد لینے والا شخص ضرور ولی اللہ ہو، یعنی اس سے کسی قسم کی لغزش صادر ہی نہ ہو۔ اس سلسلے میں سنت اللہ ان کے پیشِ نظر رہنی چاہیے کہ خداوند ذوالجلال اپنے باغیوں اور نافرمانوں کو بھی برابر روزی پہنچاتا ہے۔

***

سنگدل ڈاکو

بیان کیا جاتا ہے، ایک قافلہ سر زمین یونان میں سفر کر رہا تھا۔ ایک جگہ ڈاکوؤں کے ایک زبردست گروہ نے حملہ کر کے قافلے والوں کا سارا سامان لوٹ لیا۔ قافلے والوں نے بہت منت سماجت کی۔ خدا رسول کا واسطہ دیا۔ لیکن ڈاکوؤں پر کچھ اثر نہ ہوا۔ اس قافلے میں حکیم لقمان بھی شامل تھا۔ مسافروں نے اس سے کہا

کہ ہماری آہ وزاری کا تو ان ظالموں پر کچھ اثر نہیں ہوتا۔ آپ ہی انھیں سمجھائیے۔ شاید آپ کی نصیحت کا کچھ اثر ہو۔

لقمان نے جواب دیا، میں انھیں ہرگز نصیحت نہیں کروں گا۔ نصیحت کرنا وہاں مناسب ہوتا ہے جہاں نصیحت قبول کرنے کی صلاحیت معلوم ہو۔

کھالیا ہو زنگ نے لوہے کو جب پوری طرح
اس کو صیقل کر کے چمکا دیں، یہ ممکن ہی نہیں
سنگ دل پر ہو نہیں سکتا نصیحت کا اثر
کچھ بھی کیجئے کیل گڑ سکتی ہے پتھر میں کہیں

وضاحت

اس حکایت میں حضرت سعدیؒ نے یہ بتایا ہے کہ گناہ کرتے کرتے انسان کا دل بالآخر ایسا سخت اور سیاہ ہو جاتا ہے کہ اس پر نصیحت کا بالکل اثر نہیں ہوتا قرآن مجید کی اس آیت میں کھل کر یہ بات بیان کی گئی ہے۔

ترجمہ: مہر کر دی اللہ نے ان کو دلوں پر اور کانوں پر اور ان کی آنکھوں پر پردہ۔ ان کے لئے ہے بہت بڑا عذاب ہے۔

***

سیاح گوش کا جواب

بیان کیا جاتا ہے، کسی نے سیاہ گوش سے سوال کیا کہ تو ہر وقت جنگل کے بادشاہ شیر کے گرد منڈلاتا رہتا ہے۔ پھر اس کے مصاحبوں میں شامل کیوں نہیں ہو جاتا کہ اس کی عنایتوں اور نوازشوں کا حق دار بن جائے اور جنگل کے جانور تجھے عزت کی نظروں سے دیکھیں؟

سیاہ گوش نے جواب دیا، میں شیر کے ارد گرد تو اس لیے رہتا ہوں کہ اس کے بچے کھچے شکار سے اپنا پیٹ بھرتا ہوں اور قریب اس لیے نہیں جاتا کہ اس کے مزاج کے تلوّن سے خوف کھاتا ہوں۔ طاقت ور کسی قاعدے قانون کے پابند نہیں ہوتے۔ نہ ان کی طبیعت کا رنگ ایک جیسا رہتا ہے۔ تم نے بادشاہوں کے بارے میں یہ بات ضرور سنی ہو گی کہ کبھی وہ تعریف کرنے والے کو دیتے ہیں۔ چنانچہ اسی لیے دانشمندوں نے کہا ہے کہ ان سے دور رہنا ہی دانشمندی ہے۔ بادشاہ کو خوش کرنے کے لیے ہنسی مذاق کی باتیں کرنا اس کے ندیموں کے لیے تو شاید بہتر ہو لیکن عقلمندوں کے لیے عیب ہے۔

آگ کی تاثیر میں فرق آ نہیں سکتا کبھی
چاہے اس کو عمر بھر پوجا کرے آتش پرست
جل کے مر جائے اگر آتش کدے میں جا گرے
ہے یونہی روزِ ازل سے اس جہاں کا بندوبست

وضاحت

حضرت سعدیؒ نے اس حکایت میں یہ نکتہ بیان کیا ہے کہ ہم مرتبہ لوگوں کی ہم نشینی ہی موزوں رہتی ہے۔ کوئی فائدہ حاصل کرنے کے لیے عزت میں اضافہ ہونے کے خیال سے صاحب اختیار لوگوں کے قریب ہونے کی خواہش بالعموم مہنگی پڑتی ہے، کیونکہ اقتدار کا نشہ ایسے لوگوں کے مزاج کو اعتدال پر نہیں رہنے دیتا ان لوگوں کا حال یہ ہوتا ہے کہ کبھی تو گالیاں سن کر انعام دینے پر تیار ہو جاتے ہیں اور کبھی سلام کرنے پر ناراض ہو جاتے ہیں۔

* * *

شتر سوار کی موت

بیان کیا جاتا ہے، ایک شخص جو ننگے سر اور ننگے پاؤں تھا اور جس کے پاس سواری کا کوئی جانور بھی نہ تھا، حجاز جانے والے ایک قافلے کے ساتھ سفر کر رہا تھا۔ وہ اپنی دھن میں کہتا جاتا تھا کہ نہ میں اونٹ پر سوار ہوں اور نہ اونٹ کی طرح بوجھ میری پشت پر لدا ہوا ہے۔ نہ کسی ملک کا بادشاہ ہوں اور نہ کسی بادشاہ کا غلام نہ مجھے کوئی غم ستاتا ہے نہ فکر۔ آرام اور آزادی کے ساتھ زندگی گزار رہا ہوں

ایک شتر سوار نے اسے دیکھا تو کہا، اسے شخص تو اس حالت میں ہمارے ساتھ کہاں جا رہا ہے؟ تیرے بھلے کی کہتا ہوں لوٹ جا راستے کی سختیاں تجھے ہلاک کر دیں گی۔ اس شخص نے شتر سوار کی بات پر کچھ توجہ نہ دی اور برابر سفر کرتا رہا۔

جب قافلہ نخلۂ محمود نامی مقام پر پہنچا تو اچانک اس شتر سوار کو معمولی سی تکلیف ہوئی اور وہ مر گیا۔ اس کی موت کی خبر مشہور ہوئی تو وہی بے نوا مسافر اس کی میت کے سرہانے آیا اور کہا، ہم تو اس سختی میں زندہ ہیں لیکن تو ہر طرح کی آسائش میں رہتے ہوئے مر گیا۔

رک گیا تھک کے تیز رو گھوڑا
پہنچا منزل پہ اپنی، لنگڑا گدھا
مر گئے تندرست، طاقت ور
ٹل گئی زخمیوں کے سر سے قضا

وضاحت

حضرت سعدیؒ نے اس حکایت میں یہ بات بتائی ہے کہ جن لوگوں کو سختیاں برداشت کرنے کی عادت ہوتی ہے۔ وہ ہمیشہ خوش و خرم رہتے ہیں۔ موت بھی ان کے پاس آتے ہوئے گھبراتی ہے۔ ان کے مقابلے میں لاڈ کے پلے ہوئے فکروں اور غموں میں بھی گھرے رہتے ہیں اور ان کی عمریں بھی کم ہوتی ہیں۔ اس کے علاوہ اس حکایت میں یہ سبق بھی ہے کہ دنیاوی اسباب کی بنا پر کوئی رائے قائم کر لینا مناسب بات نہیں۔ اکثر ایسا ہوتا ہے کہ حفاظت کا معقول سامان رکھنے والا تباہ ہو جاتا ہے اور بے نوا محفوظ رہتا ہے۔

٭٭٭

سکندر رومی کا جواب

بیان کیا جاتا ہے کہ کسی نے سکندر اعظم سے پوچھا کہ آپ نے دنیا کے اتنے ملک کسی طرح فتح کر لیے ؟ آپ سے پہلے جو بادشاہ گزرے ہیں ان کے پاس بھی خزانوں اور لشکروں کی کمی نہ تھی لیکن ایسی شاندار فتوحات ان میں سے کسی کو بھی حاصل نہیں ہوئیں۔

یہ سوال سن کر سکندر نے جواب دیا، اللہ پاک کی مہربانی سے اس کے بعد یہ کامیابی مجھے اس وجہ سے بھی حاصل ہوئی کہ میں نے جن ملکوں کو فتح کیا ان سے عزت والے لوگوں کی عزت کی اور وہاں کے اچھے لوگ جو کارنامے انجام دے گئے تھے انھیں باقی رکھا اور ان کا نام ہمیشہ عزت سے لیا۔ سب سے بڑی بات یہ کہ رعایا کو نہیں ستایا

جو معزز تھے اس زمانے میں
یاد عزت سے تو مادام کرے
کامیابی ہے منحصر اس پر
اچھے لوگوں کا احترام کرے

وضاحت

فتح و نصرت کے بارے میں عام خیال یہ ہے کہ یہ بہترین فوجی صلاحیتوں سے

حاصل ہوتی ہے۔ لیکن حضرت سعدیؒ نے سکندر اعظم جیسے فاتح کی مثال دے کر یہ بات بتائی ہے کہ حقیقی فتح مندی حسن سلوک اور اعلیٰ اخلاق سے ہی حاصل ہوتی ہے۔ ایسا شخص لوگوں کے دل جیت کر انھیں۔ اپنا ہمدرد اور بہی خواہ بنا لیتا ہے۔ بصورت دیگر شکتست کھانے والے لوگ بے بس تو ہو جاتے ہیں لیکن جیسے ہی انھیں موقع ملتا ہے۔ بغاوت کا جھنڈا بلند کر دیتے ہیں۔

***

صوفی کون ہے

بیان کیا جاتا ہے، کسی نے ملک شام کے ایک بزرگ سے سوال کیا کہ تصوّف کی کیا حقیقت ہے بزرگ نے جواب دیا پہلے وقت میں ایسے بزرگ دیکھے جاتے تھے جن کا ظاہری حال اطمینان کے قابل نہیں ہوتا تھا۔ نہ اچھا لباس ہوتا تھا۔ نہ کھانے پینے کا بہتر انتظام رکھتے تھے اور نہ ان کے پاس مال و دولت ہی ہوتا تھا۔ لیکن ان کے دل نیکی اور اطمینان کے نور سے بھرے ہوئے تھے۔ اس کے مقابلے میں اب یہ حالت دیکھی جاتی ہے کہ لوگوں کا ظاہری حال تو اچھا نظر آتا ہے لیکن ان کے دل پراگندہ ہیں۔

جو دل دنیا کی باتوں میں پھنسا ہے پھر کہاں راحت
ہو نفرت دل میں دنیا کی تو پھر راحت ہے
نہیں کچھ فرق پڑتا مال، کھیتی اور تجارت سے

اگر یاد خدا ہو دل میں پھر خلوت ہی خلوت ہے

وضاحت

حضرت سعدیؒ نے اس حکایت میں تصوّف کی حقیقت بیان فرمائی ہے خاص نکتہ یہ بتایا کہ ظاہر حالت کا اچھا یا خراب ہونا بے حقیقت ہے اصل چیز تو انسان کے باطن کا درست ہونا ہے اور باطن کو درست رکھنا ہی تصوّف کو اپنانا ہے، اگر کسی کے پاس وافر مقدار میں دنیاوی ساز و سامان ہو لیکن اس کا دل اللہ پاک کی محبت میں ڈوبا ہو تو اسے دنیادار نہ کہا جائے گا۔

***

تکبر کا انجام

حضرت سعدیؒ بیان فرماتے ہیں۔ کہ بچپن میں مجھے عبادت کا بہت شوق تھا۔ میں اپنے والد محترم کے ساتھ ساری ساری رات جاگ کر قرآن مجید کی تلاوت اور نماز میں مشغول رہتا تھا۔ ایک رات والد محترم اور میں حسب عبادت میں مشغول تھے اور ہمارے قریب ہی کچھ لوگ فرش پر پڑے غافل سو رہے تھے میں نے ان کی یہ حالت دیکھی تو اپنے والد صاحب سے کہا کہ ان لوگوں کی حالت پر افسوس ہے! ان سے اتنا بھی نہ ہو سکا کہ اٹھ کر تہجد کی نفلیں ہی ادا کر لیتے۔

والد محترم نے میری یہ بات سنی نے تو فرمایا۔ بیٹا! دوسروں کو کم درجہ خیال

کرنے اور ان کی برائی کرنے سے تو بہتر تھا کہ تو بھی پڑ کر سو جاتا۔

غرور نادان کی آنکھوں پہ پردہ ڈال دیتا ہے
وہ اوروں میں سوائے معصیت کچھ بھی نہیں پاتا
اگر اللہ بخشے دیدہ حق نظر تو انساں کو
نظر اپنی برائی کے سوا کچھ بھی نہیں آتا

وضاحت

حضرت سعدیؒ نے اس حکایت میں غرور پارسائی کی خرابی بیان کی ہے۔ یہ ایک ایسا گناہ ہے جس سے محتاط لوگوں میں سے بھی کم ہی بچ پاتے ہیں۔ جب ایک شخص خود کو اطاعت حق میں مشغول پاتا ہے۔ اور دوسروں کو اس طرف سے بے پروا پاتا ہے تو غیر محسوس طور پر اس کے دل میں یہ غرور کہ میں نیک ہوں۔ اور اگر ایسا شخص اپنی غلطی سے آگاہ ہو کر فوراً توبہ نہ کرلے تو عذاب کا مستحق ہو جاتا ہے کیونکہ غرور کو مٹانا عبادت کا اولین مقصد ہے۔

* * *